패러디 시

패러디 시

발행일   2019년 8월 28일

지은이   김영범
펴낸이   손형국
펴낸곳   (주)북랩
편집인   선일영   **편집** 오경진, 강대건, 최승헌, 최예은, 김경무
디자인   이현수, 김민하, 한수희, 김윤주, 허지혜   **제작** 박기성, 황동현, 구성우, 장홍석
마케팅   김회란, 박진관, 조하라, 장은별
출판등록 2004. 12. 1(제2012-000051호)
주소   서울시 금천구 가산디지털 1로 168, 우림라이온스밸리 B동 B113, 114호
홈페이지 www.book.co.kr
전화번호 (02)2026-5777   **팩스** (02)2026-5747

ISBN   979-11-6299-845-8 03810 (종이책)   979-11-6299-846-5 05810 (전자책)

이 도서의 국립중앙도서관 출판예정도서목록(CIP)은 서지정보유통지원시스템 홈페이지(http://seoji.nl.go.kr)와
국가자료공동목록시스템(http://www.nl.go.kr/kolisnet)에서 이용하실 수 있습니다.
(CIP제어번호: CIP2019033559)

(주)북랩 성공출판의 파트너

북랩 홈페이지와 패밀리 사이트에서 다양한 출판 솔루션을 만나 보세요!

홈페이지 book.co.kr   • **블로그** blog.naver.com/essaybook   • **원고모집** book@book.co.kr

김 / 영 / 범   시 집

패러디 시

습작 시만 만연한 한국 문학계에 날리는
한 시인의 유쾌하고 날카로운 한 방!

북랩 book Lab

서문序文

하나를 알아도 제대로 알아야 한다는 말이 있지요.

이 말은 곧 옳고 그름을 정확히 판단해 틀리지 않게 인지해야 한다는 뜻이 되겠지요.

소설을 예로 든다면 잘들 아시겠지만 소설에도 여러 종류가 있는데, 문학작품의 조건을 충족시킨 진짜 소설과 문학작품의 요건을 충족시키지 못한 비소설을 분류할 수 있을 만큼 좀 더 정확하게 알아야 한다는 의미를 내포하고 있다는 것 아니냐는 말이지요.

제 기억으로 1980년대 중반까지만 해도 이름만 대면 많은 사람들이 알 수 있는 대형 서점엘 가면 소설과 비소설이 분류되어 진열되었던 것 같은데, 언제부터인지는 정확히는 모르지만 문학작품이 진열된 곳에 함께 자리를 차지한 작품들을 보면 문학작품이라 하기에도 창피한 수준의 작문집들이 소설이라는 허울을 쓰고 진열되어 있더란 말이지요.

소설이라는 장르 고유의 특성을 충족시킨 문어체 문장은 명백한 문학작품이지만, 소설이라는 장르 고유의 특성에 부합되지 않는 일반체 작법의 작품은 문학작품이라 할 수 없는 것인데도, 습작 단계도 탈피하지 못한 수준의 작문들도 마치 문학작품으로 하자가 없는 것처럼 소설로 둔갑을 해, 문학작품인 듯 대접을 받고 있을 뿐만 아니라 우매한 독자들의 주머니를 털고 있더란 말이지요.

현재는 이천이십 년대를 코앞에 둔 시점인데 1980년대만도 못하게 후퇴한 문학 수준을 적나라하게 보여 주는 듯, 소설이라는 장르 고유의 특성에 전혀 부합되지도 않는 일반체 기법의 작품들이 소설의 대세로 간주되고 있는 것 같다는 뜻이지요.

문어체 기법과 일반체 작법의 변별성만 알아도 쉽게 분류할 수 있는 것이라 사료 되는데요.

현재의 대한민국엔 소설가 비소설을 분류할 수 있을 만큼

6

의 문학 전문가가 없는 거라서 그런 건 설마 아니겠지요.

 국문학뿐만 아니라 영문학을 비롯해 독어 독문학, 불문학 등등 다양한 문학 박사도 많고, 비평가, 소설가, 더 나아가서는 가르침이 본업인 교수의 신분으로 사는 님들까지. 억수로 많은 것이 전문가인데, 소설과 비소설을 분류하는 이게 없는 것 아니냐는 의구심은 저 개인의 노파심에 불과한 것이겠지요.

 헌데 문제는 요즘 출간되는 소설 작품들을 보면 이것이 진정 문어체로 완성된 작품이라 할 수 있는 건가 하는 의구심이 강하답니다.

 실례로 어떤 이는 자신의 단편 소설을 장편 화하기도 하고, 여느 출판사 같은 경우는 삼국지 같은 작품을 몇 배로 늘려, 우리나라에서 흔히 표현하는 대하 장편소설 부류처럼 만들기도 하더군요.

제대로 된 문어체 문학 작품을 완성하려 한다면 대하 장편소설이라는 것들을 중편소설이나 단편소설화해야 되지 않을까 사료되는데, 문어체와 일반체의 변별성을 전혀 모르는지 오히려 역행을 하고 있는 문단 실정이란 말이지요.

하나를 알아도 제대로 알아야 제대로 된 하나를 인식하는 것인데, 문학작품과 문학작품이라 할 수 없는 문장도 분류 못 한다면 어찌 제대로 된 문학작품이 탄생할 수 있을까요.

즉 하나를 알아도 제대로 알아야 하는 전문가 신분의 사람들은 기본적으로 전문성이 확보되어 있어야 하지요. 그래야 문어체와 일반체 따위를 분류하는 등등의 전문적인 지식으로 실력을 증명할 수 있을 테니까요. 쉽게 말해서 전문가라면 전문적인 지식을 인지할 수 있도록 전문적인 실력으로 옳고 그름을 가릴 수 있도록 해야 하는 것 아니냐는 겁니다.

소설이라는 장르 고유의 특성을 충족시킨 문어체 작품과 소설이라는 장르 고유의 특성에 부합되지도 않는 일반체 작품도 분류 못하는 이들이 소설가랍시고 소설을 출간하고, 소설과 비소설을 분류도 못하는 이들이 비평가랍시고 비평 글로 독자들을 현혹시킨다면, 전문적인 지식이라는 것이 고작 언어적 유희나 미사여구를 동원해, 독자들이나 현혹시키는 전문성밖에 안 되는 것이잖아요.

이러한 결과는 결국 학위는 빛날지 모르지만 수준은 일반 독자들과 별 차이 없는 정도로 취급될 뿐인 것 아니겠어요.

시이건 소설이건 수필이건 문학작품은 반드시 문어체로 완성되어야 합당한 것인데, 요즘 출간된 수필집들도 보면 대부분이 자신의 경험을 묘사하거나 서술한 일반체 형태의 수기성 글이지요.

수기와 수필도 분류 못 할 만큼 미개해진 풍토라는 것이 곧 누군가가 말했듯 문학은 이미 죽은 걸까요?

목
차

숙지

노천명_「사슴」

생각이 깊어서 말이 적은 그대여
언제나 점잖은 편 품위롭구나.
지혜가 향기로운 너는
무척 높은 족속이었나 보다.

여정에 비친 제 모습을 보고
순정의 여비를 되살리면서도,
버려지지 않는 열망의 푯대에
상실의 모가를 걸지언정
빛나는 별을 바라본다.

빛

노천명_「길」

사랑 사이로 사랑 사이로 달려 들어가 보면
빛이 흘러나오는 바다를 보게 된다.

거기-
빠지기 좋은 유혹이 있었다.
사전에 눈먼 흥취도 있었다.

연분홍 꽃이 향기를 토하는 저녁
눈길에 잡힌 노을 길에 사람들

꽃술을 따 문 애정의 마음으로
뛰는 가슴을 도란도란 치킨다.

인정과 인정 사이로 걸어
지금도
전설처럼-
바다엔 빛이 넘치기에.

안고 싶은 이야기들이 놓칠까 봐
손길에 잡힌 아름다움
따듯하게 데운다.

번뇌

노천명_「고독」

다스리기 힘든 화에 치이던 날
터진 울음 토해내고 나서
번뇌도 사랑하는 법을 지었습니다.

더러는 외로움도 싱그러울 때
이음이 친구가 되기도 하니까요.

잊음을 모르게 배회하기도 할 때
상념의 호수에서 깨우는 그 친구로 인해
방황하는 내 고열이 드러나기도 합니다.

번뇌도 수용하면 사랑스러운 것
친하게 철하기는 싫어도
함부로 가까이 두기도 어려운가 봐요.

김영범 시집

서시 1

윤동주_「서시」

조국을 우러러
한 점 부끄러움 없기를
완력을 휘두르는 배신에도
나는 괴로와 했다.
국가를 흠모하는 가슴으로
모든 죽어가는 것을 사랑해야지.
이렇게 나에게 주어지는
애국의 길을 살아가야겠다.

오늘 밤에도 압제에 독기가 스미 운다.

서시 2

윤동주_「서시」

회장님을 우러름에
한 점 부끄러움 없기를
유능이 무너지는 좌천에도
나는 괴로와 했다.
조직을 숭상하는 마음으로
경쟁하는 모든 것을 사랑해야지.
이렇게 나에게 주어지는
비상의 길을 살아가야겠다.

오늘 밤에도 명퇴의 칼날에 눈물이 스미 운다.

서시 3

윤동주_「서시」

보스를 우러르는 충성심에
한 점 부끄러움 없기를
무기에 베이는 무력감에도
나는 괴로와 했다.
의리를 노래하는 마음으로
모든 패거리를 사장시켜야지.
이렇게 나에게 주어지는
조직의 길을 살아가야겠다.

오늘 밤에도 폭력에 핏기가 스미 운다.

서시 4

윤동주_「서시」

시詩를 우러러
한 점 부끄러움 없기를
작문作文이 운문韻文로 둔갑하는 완력에도
나는 괴로와 했다.
시상 같은 장르 고유의 특성을 증명하는 전문가의 경
지로
모든 문학적 진실을 입증시켜야지.
이렇게 나에게 주어지는
시인의 길을 살아가야겠다.

오늘 밤에도 문학에 왜곡이 스미 운다.

김영범 시집

서시 5

윤동주_「서시」

짝을 우러러
한 점 부끄러움 없기를,
눈물이 떠도는 드라마에도
나는 괴로와 했다.
아름다움을 노래하는 입술로
모든 사랑에 입을 맞춰야지.
이렇게 나에게 주어지는
애정의 길을 살아가야겠다.

오늘 밤에도 임의 향기가 스미 운다.

서시 6

윤동주_「서시」

술을 우러러
한 점 부끄러움 없기를,
손을 떠는 반주에도
나는 괴로와 했다.
건배를 노래하는 건사로
모든 잔을 부딪쳐야지.
이렇게 나에게 주어지는
반성의 길을 살아가야겠다.

오늘 밤에도 술엔 주정이 스미 운다.

서시 7

윤동주_「서시」

그대를 우러러
한 점 부끄러움 없기를,
세뇌시키는대로 숙지해야 하는 교육에도
나는 괴로와 했다.
옳고 그름을 분류하는 마음으로
학문적 진실을 파악해야지.
이렇게 나에게 주어지는
깨달음의 길을 살아가야겠다.

오늘 밤에도 진리에 낭만이 스미 운다.

꽃 헤는 밤

윤동주_「별 헤는 밤」

시절이 시치는 가슴에는
허기가 허세를 부립니다.

어릴 때는 아무 걱정도 없이
시기의 꽃들을 다 피울 수 있을 듯 했지요.

마음속에 특별히 새겨지는 꽃을
이제 다 못 피우 것은
새벽이 빠르게 오는 까닭이요.
내일 밤이 남은 까닭이요.
아직 나의 젊음이 다하지 않은 까닭입니다.

김영범 시집

꽃 하나의 추억과
꽃 하나의 사랑과
꽃 하나의 쓸쓸함과
꽃 하나의 동경憧憬과
꽃 하나의 시詩와
꽃 하나의 어머니, 어머니

어머님, 나는 꽃 하나에 아름다운 말 한마디씩 불러 봅
니다.
초등학교 때 책상을 같이 했던 아이들의 이름과 패佩,
경鏡, 옥玉 이런 이국 소녀들의 이름과 벌써 애기 어머
니가
된 여인네들의 이름과 가난한 이웃 사람들의 이름과
비둘기,
강아지, 토끼, 노새, '프랑스 잠', '라이너 마리아
릴케' 이런 시인의 이름을 불러 봅니다.

이네들은 가슴에 숨 쉬고 있습니다.
꽃의 내음 아스라이 머금듯,

어머님,
그리고 당신은 무한한 풍미로 머뭅니다.

나는 무엇인지 그리워
많은 꽃이 피는 이 강산 위에
내 이름자를 써 보고
흙으로 덮어버렸습니다.
딴은, 밤을 새워 우는 벌레는
부끄러운 이름을 슬퍼하는 까닭입니다.

그러나 겨울이 지나고 나의 꽃에도 봄이 오면
우듬지 위에 파란 하늘이 피어나듯이
내 이름자 묻힌 이 강산 위에도
자랑처럼 향기가 무성할 게외다.

맘

윤동주_「길」

빼앗겨버렸습니다.
무얼 어디다 빼앗겨버렸는지 몰라
두 눈을 부릅뜨고 더듬어
맘으로 찾아 나아갑니다.

벽과 벽과 벽이 끝없이 연달아
맘으로 벽을 끼고 갑니다.

담은 쇠문을 굳게 닫아
맘 위에 긴 철책을 드리우고

맘은 아침에서 저녁으로
저녁에서 아침으로 통했습니다.

그 맘을 더듬어 눈물짓다가
쳐다보면 하늘은 부끄럽게 푸릅니다.

틈 한조각 없는 이맘으로 사는 것은
맘 저쪽에 내가 남아 있는 까닭이고,

내가 사는 것은 다만,
빼앗긴 것을 찾는 까닭입니다.

밀림의 길

윤동주_「새로운 길」

나를 태워서 숲으로
고개를 넘어서 밀림으로

어제도 가고 오늘도 갈
나의 길 밀림의 길

서광에 안착하는 세기의
바람 그 빚어짐이 빛나도

나의 길은 언제나 밀림의 길
오늘도…… 내일도……

나를 태워서 숲으로
고개를 넘어서 밀림으로.

자화상

윤동주_「자화상自畫像」

산, 모퉁이를 돌아보다 뜨인 우물을 홀로 찾아가선 가만히 들여다봅니다.

우물 속에는 달이 밝고 구름이 흐르고 하늘이 펼치고 파란 바람이 불고 가을이 있습니다.

그리고 한 나라가 있습니다.
어쩐지 그 나라가 미워져 돌아갑니다.

돌아가다 생각하니 그 나라가 가엾어집니다.
도로 가 들여다보니 그 나라가 그대로 있습니다.

다시 그 나라가 미워져 돌아갑니다.
돌아가다 생각하니 그 나라가 그리워집니다.

우물 속에는 달이 밝고 구름이 흐르고 하늘이 펼치고 파란 바람이 불고 가을이 있고 추억처럼 나라가 있습니다.

물감과 숙녀

박인환_「목마와 숙녀」

꿈꾸는 잔에 취하려
그대는 맘이 차는 이의 숲 속에
꿀병을 남기고 떠난 숙녀의 바랑을 이어댄다.
꿀병은 다짐을 버리고 거저 소라의 소리나 철하며
고함 속으로 떠났다. 꿀잔에서 꽃이 시든다.
상심傷心한 향기는 내 가슴 속에서 아리게 부서진다.
그렇게 서려 폭발하던 비명은
정원 속에서 간간히 비치고,
문학이 왜곡되고, 사전도 오류로 뒤틀리고
정도의 진리마저 애증의 그림자에 밟힐 때
눈물을 탄 애정의 실기가 진실을 돋운다.
사랑은 옳게 터는 것
때로는 고립을 피하여 눈을 채우기도 하고
뜬 눈만큼 감음도 이룰 줄 알아야 한다.
꿀병이 잔에 스러지는 소리를 들으며
잦아드는 전투의 길을 바라다보아야 한다.
…등대
빛이 보이지 않아도
그저 간직한 페시미즘의 전술을 위하여

그대는 처량한 눈물 흐름을 기억하여야 한다.
아는 이가 떠나든 말든
그저 수료修了에 남는 가슴의 의식을 붙잡고
그대는 맘에 차는 이의 이야기를 듣고자 한다.
둘만의 거리로 튼 틈을 지나 간격 없는 짝과 같이
격을 지고 짓는 꿀을 마시려 한다.
세상은 곧지도 않고
그저 숙명의 유지처럼 통속通俗하거늘
지켜할 그 무엇이 무서워 그대는 앓는 것일까.
운명은 하늘에 있고
소라의 소리는 귓전에 철렁거리는데
지는 바람 소리는
쓰러진 꿀병 속에서 목메어 우는데-

개나리 꽃

김소월_「진달래 꽃」

나보기가 역겨워
치울 때에는
말없이 표심으로 치위주소서.

대장간 울타리에
개나리 꽃
듬뿍 따서 뿌리쳐온 길.

사시는 걸음걸음
속 썩인 그 꽃을
평생 밟히게 지고 가려하오니.

나보기가 역겨워
치우실 때에는
말없이 표심으로 알려주소서.

못 풀어

김소월_「못 잊어」

못 풀어 그리움 낳겠지요.
그런데도 한 세상 지내는구료.
살다보면 푸는 날 온다면서요.

못 풀어 애달픔 낳겠지요.
그런대로 품으면 된다면서요.
못 풀어도 더러는 풀고 있습디다.

그러다 또 한뜻 일러 듣지요.
'애절해 살뜰히 못 푸는데'
살포시 안기는 행복 있어서.

맘 유화

김소월_「산유화山有花」

맘에는 꽃 피네.
꽃이 피네.
져도 짐도 모르게
꽃이 피네.

맘에
집혀
피는 꽃은
꿈을 일듯 혼자서 피어 있네.

맘에서 우는 새는
남이 좋아
맘에서
사노라네.

맘에는 꽃 피네.
꽃이 피네.
져도 짐을 모르게
꽃이 피네.

눈먼 애愛

김소월_「먼 후일」

눈먼 오늘 당신이 찾으시면
그때에 내말은 나랑 살자.

당신이 아무리 튕긴다 해도
무척 그리워 못 견디겠노라.

그래도 당신이 시간을 끈다면
죽어도 당신 품에서 죽고 싶다.

오늘도 어제도 그리다 지쳐
더 이상 지체할 수 없겠노라고.

대한독립

김소월_「금잔디」

독립
독립
대한독립
심심산천에 붙는 불은
우리네 마음속에 대한독립
봄이 왔네. 봄이 왔네.
우리 땅, 우리 바다 끝까지
비바람 뚫고, 눈보라 헤치고
심심산천에도, 소망이 폈네.

인지

김소월_「옛날」

만남의 끝에는 이별이 오고
그리움의 끝에는 잊음이 오나니,
그대여, 잊지 말아라, 이 후後부터
우리는 무덤 없는 인지에 놓이니.

우리 별

김소월_「서울 밤」

붉은 별
푸른 별
널따란 거리면 푸른 별
막다른 골목이면 붉은 별
별은 반짝입니다.
별은 그무립니다.
별은 또다시 어스레합니다.
별은 죽은 듯이 긴 밤을 지킵니다.

나의 가슴의 속 모를 곳의
어둡고 밝은 그 속에서도
붉은 별이 흐득여 웁니다.

붉은 별
루른 별
머나먼 밤하늘은 새캄합니다.

우리 거리가 좋다고 해요.
우리 밤이 좋다고 해요.
붉은 별
푸른 별

나의 가슴의 속 모를 곳의
푸른 별은 고적孤寂합니다.
붉은 별은 고적합니다.

느끼나 못 느끼나 늘

김소월_「자나 깨나 앉으나 서나」

느끼나 못 느끼나 늘
내 맘 같은 벗하나 내게 있었습니다.

하지만 우리는 오랜 세월 동안을
환란이라는 괴로움 속에 보내야만 했습니다.

이제 사 또다시 사명의 가슴 속 속 모를 곳을
훔치며, 휘저어 가려진 곧은길로 떠납니다그려.

옳 곧은 맘, 둘 곳 없는 심사에 쓰라린 가슴은
그것이 사랑 든, 사랑이 아니던 곱게 품습니다.

탄식을 굽어보는 그림

이상_「오감도 1」

조선(13도)의 굶주린 종들이(아해餓豀들이) 도로를 질주
하오.

(길은 막다른 골목이 적당하오.)

경기도의 굶주린 종이(아해餓豀가) 무섭다고 그리오.
충청북도의 굶주린 종이(아해가) 무섭다고 그리오.
충청남도의 굶주린 종이(아해가) 무섭다고 그리오.
전라남도의 굶주린 종이 무섭다고 그리오.
전라북도의 굶주린 종이 무섭다고 그리오.
경상남도의 굶주린 종이 무섭다고 그리오.
경상북도의 굶주린 종이 무섭다고 그리오.
강원도의 굶주린 종이 무섭다고 그리오.
황해도의 굶주린 종이 무섭다고 그리오.
평안남도의 굶주린 종이 무섭다고 그리오.
평안북도의 굶주린 종이 무섭다고 그리오.
함경남도의 굶주린 종이 무섭다고 그리오.
함경북도의 굶주린 종이(아해가) 무섭다고 그리오.

조선의 굶주린 종(아해餓奚)들은 무서운 굶주린 종(아해)
과 무서워하는 굶주린 종(아해)과 그렇게 뿐이 모였소.
(다른 사정은 없는 것이 차라리 나았소.)

그중에 한도의 굶주린 종이 무서운 굶주린 종이라도
좋소.
그중에 타도의 굶주린 종이 무서운 굶주림 종이라도
좋소.
그중에 타도의 굶주린 종이 무서워하는 굶주린 종이
라도 좋소.
그중에 한도의 굶주린 종이 무서워하는 굶주린 종이
라도 좋소.

(길은 뚫린 골목길이라도 적당하오.)
조선(13도)의 굶주린 종(아해餓奚)들이 도로를 질주하지
아니하여도 좋소.

기세

이육사_「말」

의식이 약화된 세태
힘이 빠진 의지
그러나 곤두선 의기
오! 쉽지 않음에 지친 기세
강점기의 채찍에 지친 기세이여!
움츠린 요량
도약을 위한 후퇴
탄압에 치켜드는 네 굽
오! 비상을 꿈꾸는 기세
새해에 드높일 조선의 기세이여!

찾아야 할 주권을 획득하자

이육사_「한 개의 별을 노래하자」

찾아야 할 주권을 획득하자. 꼭 찾아야 할 주권을
십이성좌十二星座 그 숱한 주권을 어찌 다 획득하겠니.

꼭 찾아야 할 주권! 아침 날 때 보고 저녁 들 때도 보
는 주권
우리들과 아주 친親하고 그중 빛나는 주권을 획득하자.
아름다운 미래未來를 꾸며 볼 동방東方의 큰 별을 가지자.

찾아야 할 주권을 가지는 건 찾아야 할 나라를 갖는 것
아롱진 설음밖에 잃을 것도 없는 낡은 이 땅에서
찾아야 할 나라를 차지할 오늘날의 기쁜 획득을
목 안에 피스대를 올려가며 마음껏 쟁취하자.

김영범 시집

처녀의 눈동자를 느끼며 돌아가는 군수야업軍需夜業의 젊은 동무들
푸른 샘을 그리는 고달픈 사막의 행상대行商隊도 마음을 축여라.
화전火田에 돌을 줍는 백성들도 옥야천리沃野千里를 차지하자.

다 같이 제멋에 알맞은 풍양豊穰한 나라의 주재자主宰者로 임자 없어 찾아 가져야 할 나라를 위해 획득을 추진하자.

찾아야 할 주권 찾아야 할 나라 단단히 다져진 그 땅
위에
모든 생산의 씨를 우리에 손으로 휘 뿌려 보자.
앵속罌粟처럼 찬란한 열매를 거두는 찬연餐宴엔
예외의 끊임없는 반취半醉의 획득이라도 추구해 보자.

염리한 사람들을 다스리는 신神이란 항상 거룩하시니
새 주권을 찾아가는 이민들의 그 틈엔 안 끼어갈 테니
새로운 나라에단 죄罪 없는 획득을 진주처럼 훗치자.

찾아야 할 주권을 획득하자. 다만 찾아야 할 주권일
망정
찾아야 할 또 찾아야 할 십이성좌의 모든 주권을 획
득하자.

김영범 시집

반발

이육사_「절정絶頂」

일제 강점기의 채찍에 당하며
쫓기다 북방北方으로 몰리어 오다.

하늘도 그만 지쳐 끝난 고원高原
서릿발 칼날 선 그 위에 서다.

어디다 무릎 꿇어야 하나?
한 발 옮겨 디딜 곳조차 없다.

이토록 핍박을 하니 생각해 볼밖에
해방은 신념으로 된 무지개인가 보다.

자시곡 子時曲

이육사_「자야곡子夜曲」

번창하는 빛으로 발전해야 할 내 고향이언만
투사들이 돌아오지 않는 무덤 위에 이끼만 푸르리라.

슬픔도 사랑도 집어삼키는 깊은 밤
조국을 향해 타오르는 꽃불도 향기로운데

의지는 돛대처럼 펄럭여 항구에 들고
옛날의 들창마다 눈동자엔 짠 속박이 어려

바람 불고 눈보라 치지 않으면 못살아라.
매운 술로 견디어가는 압제의 발자취 소리

숨 막힐 마음속에 어데 강물이 흐르랴.
달은 강을 따라도 나는 투지 큰 강을 치리라.

번성하는 빛으로 찬란해야 할 내 고향이언만
투사들이 돌아오지 않는 무덤 위에 이끼만 푸르리라.

조국이여

이육사_「편복蝙蝠」

굴종이 심연한 아득한 동굴에서
다 썩은 들보가 무너진 성채城砦 위 너 홀로 돌아다니는
가엾은 조국이여! 어둠의 왕자王者여!
매국노는 너를 버리고 왜놈 집 곳庫간으로 도망했고
대붕大鵬도 북해로 날아간 지 이미 오래거늘
검은 세기世紀에 상장喪裝이 갈갈이 찢어질 긴 시간 동안
비둘기 같은 사랑을 한 번도 속삭여보지도 못한
가엾은 조국이여! 고독孤獨한 유령幽靈이여!

앵무와 함께 종알대어 보지도 못하고
딱따구리처럼 고독을 쪼아 울지도 못하거니
만호보다 노란 눈깔은 유전遺傳을 원망한들 무엇하랴
서러운 주문呪文일사 못 외일 고민의 이빨을 갈며
종족種族과 홰를 잃어도 갈 곳조차 없는
가엾은 조국이여! 영원한 "보헤미안"의 넋이여!

제 정열에 못 이겨 타서 죽는 불사조不死鳥는 아닐망정
공산空山 잠긴 달에 울어 새는 두견새 흘리는 피는
그래도 사람의 심금心琴을 흔들어 눈물을 짜내지 않는가!
날카로운 발톱이 암사슴의 연한 간肝을 노려도 봤을
너의 머-ㄴ 조선祖先의 영화롭던 한 시절 역사도
이제는 "아이누"의 가계家系와도 같이 서러워라!
가엾은 조국이여! 멸망滅亡하는 겨레여!

운명의 제단에 가늘게 타는 향불마저 꺼졌거든
그 많은 새 짐승에 발붙일 애교愛嬌라도 가졌단 말인가?
상금조相琴鳥처럼 고운 뺨을 채롱에 팔지도 못하는 너는
한토막 꿈조차 못 꾸고 다시 동굴로 돌아가거니
가엾은 조국이여! 검은 화석化石의 요정妖精이여!

아직 해방을 말할 때가 아닙니다

신석정_「아직 촛불 켤 때가 아닙니다」

저 재를 넘어가는 저녁놀의 엷은 광선들이 섭섭해 합니다.
어머니, 아직 해방을 이야기할 때가 아닙니다.
활발한 나의 작은 명상에 새 새끼들이
지금도 저 푸른 하늘에서 날고 있지 않습니까?
이윽고 하늘이 능금처럼 붉어질 때,
그 새 새끼들은 별빛과 함께 돌아온다 합니다.
언덕에서 우리의 어린 양들이 낡은 녹색 침대에 누워서 남은 햇살을 즐기느라고 돌아오지 않고, 조용한 호수 위에는 이제야 저녁 안개가 자욱이 내려오기 시작하였습니다.
그러나 어머니 아직 해방을 이야기할 때가 아닙니다.
조국을 배신한 매국노들의 기세부리던 얼굴이 그대로 있고
먼 숲에서는 투사들을 끌고 오던 세력들의 그 검은 발길에 스치는 발자국 소리도 들려오지 않습니다.

금방 새 세상이 될 듯 떠들던 환호의 소리도 차츰차츰 잦아들어갑니다.

그것은 늦은 가을부터 우리 전원을 방문하는 까마귀들이 바람을 데리고 멀리 가버린 까닭이겠지요.

시방 어머니의 등에서는 어머니의 콧노래 섞인 자장가를 듣고 싶어 하는 애기의 잠 덧이 있습니다.

어머니 아직 해방을 이야기하진 말으셔요.

이제야 저 숲 너머 하늘에 작은 별이 하나 나오지 않습니까.

감

김수영_「풀」

감이 돋는다.
비를 몰아오는 권력에 치여
감은 돋고
드디어 울었다.

날이 흐려져 더 울다가
다시 돋운다.

감이 돋는다.
바람보다 더 빨리 돋는다.
바람보다 더 빨리 날고
바람보다 먼저 접힌다.

권력의 강제에 감이 돋는다.
발목까지
발목까지 돋는다.
바람보다 늦게 돋아도
바람보다 먼저 새기고
바람보다 늦게 울어도
바람보다 먼저 웃는다.
권력의 횡포에 감이 돋는다.

꿈

김수영_「눈」

꿈은 살아 있다.
깨어져 떨어져도 살아 있다.
마당의 햇살이 목을 매도 살아 있다.

일어나자!
젊은 시인이여 일어나자.
꿈에 보이도록 일어나자.
밤이 가도 빚는 꿈을 위해
일어나자.

꿈은 살아 있다.
사랑을 알아버린 영혼과 육체를 위하여
꿈은 새벽이 지나도록 살아 있다.

일어나자!
젊은 시인이여 일어나자.
내일을 바라보며
가슴에 고인 어둠의 가래라도
마음껏 뱉자.

실정

김수영_「절망絶望」

실망이 실망을 반성하지 않는 것처럼
부조리가 부조리를 반성하지 않는 것처럼
정치가 정치를 반성하지 않는 것처럼
조도가 조도를 반성하지 않는 것처럼
옹졸과 파렴치가 그들 자신을 반성하지 않는 것처럼
부정은 딴 데에서도 나오고
정정은 예기치 않은 순간에 오고
실정은 끝까지 그 자신을 반성하지 않는다.

김영범 시집

오류

김수영_「절망絶望」

진실이 진실을 반성하지 않는 것처럼
부패가 부패를 반성하지 않는 것처럼
작문이 작문을 반성하지 않는 것처럼
시인이 시인을 반성하지 않는 것처럼
작문과 운문이 그들 자신을 반성하지 않는 것처럼
문학은 딴 데에서도 나오고
변질은 진실을 규명하지 않는 순간에 오고
오류는 끝까지 그 자신을 반성하지 않는다.

아류

김수영_「절망絶望」

사리가 사리를 반성하지 않는 것처럼
교수가 교수를 반성하지 않는 것처럼
사수가 사수를 반성하지 않는 것처럼
틀이 틀을 반성하지 않는 것처럼
치졸과 몰염치가 그들 자신을 반성하지 않는 것처럼
정상은 비정상에서도 나오고
인정認定은 반박하지 못하는 순간에 오고
아류는 끝까지 그 자신을 반성하지 않는다.

원숭이

김수영_「절망絶望」

전쟁이 정쟁을 반성하지 않는 것처럼
나리가 나리를 반성하지 않는 것처럼
고름이 고름을 반성하지 않는 것처럼
잘못이 잘못을 반성하지 않는 것처럼
망언과 횡포가 그들 자신을 반성하지 않는 것처럼
왜곡은 딴 데에서도 나오고
진수는 저지하지 않는 순간에 오고
원숭이는 끝까지 그 자신을 반성하지 않는다.

의식

김수영_「폭포瀑布」

의식은 곧은 절벽을 무서운 기색도 없이 돌진한다.

규정할 수 없는 생각이
무엇을 향하여 돌진한다는 의미도 없이
계절과 주야를 가리지 않고
고매高邁한 정신처럼 쉴 새 없이 돌진한다.

금잔화金盞花도 인가人家도 보이지 않는 밤이 되면
의식은 곧은 소리를 내며 돌진한다.

곧은 소리는 곧은 소리다.
곧은 소리는 곧은 소리를 부른다.

번개와 같이 돌진하는 사고는
취할 순간조차 마음에 주지 않고
나타懶惰와 안정을 뒤집어 놓은 듯이
높이도 폭도 없이 돌진한다.

독립

김동명_「파초」

조국을 언제 떠났노.
독립의 꿈은 가련하다.

조국을 향해 불타는 향수.
열망의 넋은 수녀보다도 더욱 외롭구나!

광복을 그리는 열망은 정열의 화신
나는 샘물을 길어 네 발등에 붓는다.

이제 밤이 차다.
나는 또 열망을 내 머리맡에 있게 하마.
나는 즐겨 열망을 위해 종이 되리니,
나의 드리운 희망으로
우리의 겨울을 가리우자.

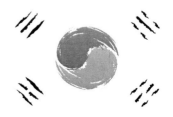

그 마음은

김동명_「내 마음은」

그 마음은 바다요.
당신 저어 오오.
나는 당신의 흰 항구를 안고
옥 같이 그대의 뱃전에 붙어 서리다.

그 마음은 촛불이요.
당신에게 가는 길을 열어 주오.
나는 당신이 쓰는 가슴을 따라, 고요히
최후의 한 방울도 남김없이 타오리다.

그 마음은 나그네요.
당신 피리를 불어 주오.
나는 해로에 귀를 기울이며 호젓이
나의 밤을 새오리다.

그 마음은 꿈이요.
당신 뜰에 영원히 머무르게 하오.
행여 바람 끝나면 나는 또 꿈을 꾸며
외로이 당신을 떠돌리오.

주권을 찾을 때까지는

김영랑_「모란이 피기까지는」

주권을 찾기까지는
나는 아직 나의 봄을 기다리고 있을 테요.
주권이 뚝뚝 떨어져 버린 날
나는 비로소 봄을 여읜 설움에 잠길 테요.
5월 어느 날, 그 하루 무덥던 날
떨어져 누운 꽃잎마저 시들어버리고는
천지에 주권은 자취도 없어지고,
뻗쳐오르던 내 보람 서운케 무너졌느니
주권이 지고 말면 그뿐, 내 한 해는 다 가고 말아
삼백예순 날 하냥 섭섭해 우옵니다.
주권이 피기까지는
나는 아직 기다리고 있을 테요. 찬란한 슬픔에 봄을.

김영범 시집

정원을 속삭이는 햇살

김영랑_「돌담에 속삭이는 햇살」

정원을 속삭이는 햇살같이
가정 속에 젖어드는 행복같이
내 가슴 불길로 지피는 탐을 위해
일생 내내 그대를 우러르고 싶다.

태어나며 예정된 한 짝같이
첫눈에 알아버릴 연분처럼
사랑의 색채 두텁게 느끼는
운명적인 햇살 교감하고 싶다.

내 꽃을 아실 이

김영랑_「내 마음 아실 이」

내 꽃을 아실 이
내 혼자 꽃, 나같이 아실 이
그래도 어데나 계실 것이면

내 꽃에 때때로 어리는 티끌과
속임 없는 눈물의 간곡한 방울방울
푸른 밤 고이 맺는 이슬 같은 보람을
보밴 듯 감추었다 내어드리지.

김영범 시집

아! 그립다.
내 혼자 꽃, 날 같이 아실 이
꿈에나 아득히 보이는가.

향 맑은 옥돌에 불이 달아
사랑은 타기도 하오런만
불빛에 연긴 듯 희미론 꽃은
사랑도 모르리. 내 혼자 꽃은

내 조국애 아실 이

김영랑_「내 마음 아실 이」

내 조국애 아실 이
내 혼자 조국애, 나같이 아실 이
그래도 어데나 계실 것이면

내 꽃에 때때로 어리는 티끌과
속임 없는 눈물의 간곡한 방울방울
푸른 밤 고이 맺는 이슬 같은 보람을
보밴 듯 감추었다 내어드리지.

아! 그립다.
나 혼자 조국애, 날 같이 아실 이
꿈에나 아득히 보이는가.

향 맑은 옥돌에 불이 달아
사랑은 타기도 하련만
불빛에 연긴 듯 감춰온 조국애는
사랑도 모르리. 내 혼자 조국애는

염원의 강물이 흐르네

김영랑_「끝없는 강물이 흐르네」

내 본능의 어딘 듯, 한 편에 염원의 강물이 흐르네.
돋쳐 흐르는 아침 날, 빛에 반하는 은결을 도도네.
가슴엔 듯 눈 엔 듯 또 핏줄엔 듯
의식이 도란도란 숨 쉬고 있는 곳
내 본능의 어딘 듯, 한 편에 염원의 강물이 흐르네.

강점기 돌 바늘 끝에

김영랑_「강선대降仙臺 돌 바늘 끝에」

강점기 돌 바늘 끝에
후회의 인간 하나
그는 버얼써
불타오르는 독립운동에 뛰어들어서
제 몸 살랐더라면 좋을 인간.

3.1 만세 운동을 보고도 노래는 영영 못 부른 채
젖어드는 물결과 싸우다 합리화한 다음
후회하는 마음이라 더러 눈물 맺혔네.

강점기 돌 바늘 끝에 벌써
불살랐어야 좋았을 인간.

꿈을 차고

김영랑_「독毒을 차고」

내 가슴에 꿈을 찬 지 오래로다.
아직 아무에게도 말한 일 없는 새로 꾸는 꿈
벗은 그 무서운 꿈 그만 흩어버리라 한다.
나는 그 꿈이 선뜻 벗도 해할지 모른다고 위협하고

꿈 안 차고 살아도 머지않아 너 나 마주 가버리면
억만 세대가 그 뒤로 잠자코 흘러가고
나중에 진리가 사장四藏 되어져 모래알이 될 것임을
'허무한듸!' 꿈은 차서 무얼 하느냐고?
아! 내 세상에 태어났음을 원망 안고 보낸
어느 하루가 있었던가. '허무한듸!' 허나

앞뒤로 덤비는 이리 승냥이 끝없이 내 마음을 노리매
네 산 채 짐승의 밥이 되어 찢기우고 할퀴우라 내 맡
긴 신세임을

나는 꿈을 이루려 선선히 가리라
해방의 날 내 앙망도 건지기 위하여.

돈

김영랑_「북」

자네 (독립)투쟁하게 내 돈을 대지.

훈련 전투부대 활동자금
그 누구도 모르게 준비하겠네.

이렇게 숨결이 꼭 맞아서만 이룬 일이란
인생에 흔치 않아 어려운 일 시원한 일

용도를 떠나서야 돈은 그저 사족일 뿐
헛 쓰이면 의미마저 숨을 고쳐 쉴밖에

거래로 한다는 말이 모자라오.
기림을 오리는 기수가 지나면
돈은 오히려 콘덕터요.

떠받는 의식에 찬 가락은 온통 잊으오.
떡 궁-동중정動中靜이오 소란 속에 고요 있어
인생이 가차 없이 익어 가오.

자네 (독립)운동하게 내 돈을 대지.

그 시기의 침묵

한용운_「님의 침묵」

그 시기는 갔습니다. 아아 사랑하는 나의 그 시기는 갔습니다.

정든 산 빛을 깨치고 단풍 지는 숲을 향하여 난 작은 길을 따라서 차마 떨치고 갔습니다.

황금의 꽃과 같이 굳고 빛나던 옛 맹세는 차디찬 티끌이 되어서 한숨의 미풍에 날아갔습니다.

날카로운 그 키스의 추억은 나의 운명의 지침을 돌려놓고 뒷걸음쳐서 사라졌습니다.

나는 향기로운 그 시기의 말소리에 귀먹고 고매한 그 시기의 성품에 눈멀었습니다.

사랑도 사람의 일이라 만날 때에 미리 떠날 것을 염려하고 경계하지 아니한 것은 아니지만, 이별은 뜻밖의 일이 되고 놀란 가슴은 새로운 슬픔에 터집니다.

그러나 이별은 쓸데없는 눈물의 원천을 만들고 마는 것은 스스로 사랑을 깨지는 것인 줄 아는 까닭에 걷잡을 수 없는 슬픔의 힘을 옮겨서 새 희망의 정수리에 들어부었습니다.

김영범 시집

우리는 만날 때에 떠날 것을 염려하는 것과 같이 떠
날 때에 다시 만날 것을 믿습니다.

아아, 그 시기는 갔지마는 나는 그 시기를 보내지 아
니하였습니다.

제 곡조를 못 이기는 사랑의 노래는 그 시기의 침묵
을 휩싸고 돕니다,

별의 침묵

한용운_「님의 침묵」

별은 갔습니다. 아아 사랑하는 나의 별은 갔습니다.
푸른 산 빛을 깨치고 장막 같은 숲을 향하여 난 어둔
길로 쫓기어 차마 떨치고 갔습니다.
황금의 꽃과 같이 굳고 빛나던 옛 주권은 차디찬 티
끌이 되어서 한숨의 미풍에 날아갔습니다.
날카로운 강제 합방의 나날은 나의 운명의 지침을 돌
려놓고 뒷걸음쳐서 사라졌습니다.
나는 바람 치는 별의 소리에 귀먹고 고아한 별의 반짝
임에 눈멀었습니다.
왕도도 사람의 일이라 사랑할 때에 미리 잘못될 것을
염려하고 경계하지 아니한 것은 아니지만, 이별은 뜻밖
의 일이 되고 놀란 가슴은 새로운 슬픔에 터집니다.
그러나 이별은 쓸데없는 눈물의 원천을 만들고 말 뿐
이라, 결국은 사랑은 스스로 깨지는 것인 줄 아는 까
닭에, 걷잡을 수 없는 슬픔의 힘을 옮겨서 새 희망의
정수리에 들어부었습니다.

김영범 시집

우리는 만날 때에 떠날 것을 염려하는 것과 같이 떠날 때에 다시 만날 것을 믿습니다.

아아, 별은 갔지만은 나는 별을 보내지 아니하였습니다.

제 곡조를 못 이기는 사랑의 노래는 별의 침묵을 휩싸고 돕니다.

별 수 없어요

한용운_「알 수 없어요」

바람도 없는 공중에 수직의 파문을 내며 고요히 떨어
지는 별똥별은 어느 세대의 여정입니까?

지리한 장마 끝에 서풍이 몰려가는 무서운 검은 구름
의 터진 틈으로, 언뜻언뜻 보이는 푸른 하늘은 어느
나라의 역사입니까?

꽃도 없는 깊은 나무에 푸른 이끼를 거쳐서, 옛 탑 위
에 고요한 하늘을 스치는 알 수 없는 의식은 어느 시
대의 기원입니까.

김영범 시집

근원은 알지도 못할 곳에서 나서 돌부리를 울리고 가늘게 흐르는 작은 시내는 굽이굽이 어느 세월의 한숨입니까.

연꽃 같은 발꿈치로 가 이 없는 바다를 밟고, 옥 같은 손으로 끝없는 하늘을 만지면서, 떨어지는 해를 곱게 단장하는 저녁놀은 어느 시절의 기재입니까?

타고 남은 재가 다시 기름이 됩니다. 그칠 줄을 모르고 타는 나의 가슴은 어느 사랑의 밤을 지키는 약한 전사입니까.

순종

한용운_「복종」

남들은 자유를 사랑한다지만 나는 순종을 좋아하여
요.
자유를 모르는 것은 아니지만 조국에게는 순종만 하
고 싶어요.
순종하고 싶은데 순종하는 것은 아름다운 자유보다
도 달콤합니다.
그것이 나의 행복입니다.
그러나 조국이 나더러 다른 나라에 순종하라면 그것
만은 순종할 수 없습니다.
다른 나라에 순종하려면 조국에 순종할 수 없는 까닭
입니다.

반항

한용운_「복종」

남들은 세태를 따라야한다지만 나는 반항을 좋아하
여요.
세태를 모르는 바 아니지만 현실에는 반항만 하고 싶
어요.
반항하고 싶은데 반항하는 것은 눈치 보는 동조보다
도 달콤합니다.
그것이 나의 행복입니다.
그러나 다른 나라가 나더러 내 나라에 반항하라면 그
것만은 할 수 없습니다.
내 나라에 반항하려면 내 나라를 버려야 하는 까닭입
니다.

빼앗긴 가슴에도 꽃은 피는가

이상화_「빼앗긴 들에도 봄은 오는가」

지금은 남에 차지-빼앗긴 가슴에도
꽃은 피는가?

상념想念에 매인 몸으로 햇살을 받으며
푸른 하늘 푸른 들이 맞붙은 곳으로
내 맘과 같은 내 뜻을 따라 꿈속을 가듯
달려만 간다.

입술을 다문 하늘아 들아
내 마음에는 미련 따라온 것 같지가 않구나
네가 끌었느냐? 누가 부르더냐. 답답하여라.
말을 해다오.

김영범 시집

바람은 내 귀에 속삭이며
한 자락도 놓지 마라 추억들을 반추하고
종다리는 산을 넘는 구름 같이
나래 펴고 맘껏 날고 있네.

냉랭한 겨울도 잘 견딘 새싹들은
간밤 자정 넘어 내리던 고운 비에
봄이 안듯 빗어진 빛을 띠었구나.
내 머리조차 가뿐하다.

혼자라도 예쁘게 짓자.
마른 논을 안고 도는 착한 도랑이
젖먹이 달래는 노래를 하듯 나 혼자 듣는
콧소리라도 흥얼대자.

나비와 제비 같이 깝죽거리기도 하며
맨드라미나 들꽃과 같은 인사로 서서,
정장 차림에 아주까지 기름도 바른 단정한 모습으로
인생을 관조하자.

내 손에 아름다운 꽃을 들고
밝은 별과 같은 부드러운 미소로
눈이 시리도록 바라보며 죽어도 좋을 만큼 향기로운
임에게 침몰하고 싶다.

이별의 바다에 빠져 허우적거려본 사람은 안다.
짬도 모르고 끝도 없이 내닫는 그 혼이
무엇을 찾는지. 어디로 가는지. 그저
답을 우리고자 한다.

막을 수 없어 막힐 때까지 온몸에 풋내를 띠고,
푸른 웃음 푸른 설음이 어우러진 사이를
절며, 절며 더듬이를 편다. 싫어도 겪어야만 하는 정
령을
접하나 보다.

그러나 지금은- 임을 사귀어 겨울도 봄이겠네.

빼앗긴 나라에도 봄은 오는가

이상화_「빼앗긴 들에도 봄은 오는가」

이제는 바뀐 국가-빼앗긴 나라에도
봄은 오는가?

같은 데도 느낌은 다른 햇살 속에
늘 있던 하늘 늘 있던 들이라 익숙한
눈길로 논길을 따라 맘속을 걷듯
걸어만 간다.

말이 없는 하늘아 들아
입술이 없어 말도 없는 것 같구나 그저
끌었느냐? 그러 불렀느냐. 답답하여라.
말을 해다오.

순풍은 내 귀에 속삭이며
한순간도 섰지 마라 옷자락을 흔들고
종다리는 울타리 넘어 아가씨같이
구름 뒤에서 반갑게 웃네.

크던 곳에서 잘 자란 보리밭아
간밤 자정 넘어 내리던 고운 비로
너는 삼단 같은 머리를 감았구나.
내 머리만 무겁구나.

힘겨워도 기쁘게 가자
마른 논을 안고 도는 착한 도랑이
젖먹이 달래는 노래를 하듯 나 혼자 할 수 있는
춤이라도 추어 보자.

매국노야, 왜놈들아, 깝치지 마라.
숨어 독립 투쟁을 하는 인사들에게도 응원을 보내야지.
아주까지 기름을 바른 이가 지심 매던 그 들이라
다 보고 싶다.

내 손에 총을 쥐어 다오.
울화통이 치미는 이 울분과 같이
목숨이 다하도록 싸워도 보고, 광복을 위한 피땀조차
흘리고 싶다.

김영범 시집

전쟁터에 나온 군인과 같이
짬도 모르고 끝도 없이 내닫는 내 혼아
무엇을 찾느냐? 어디로 가느냐? 우습다.
답을 하려무나.

나는 온몸에 풋내를 띠고
푸른 웃음 푸른 설움이 어우러진 사이로
다리를 절며 인생을 산다. 아마도 강압에
속내가 타나 보다.

그러나 지금은- 나라를 빼앗겨 나조차 빼앗기겠네.

애통

이상화_「통곡」

조국을 우러러
울기는 하여도
왕이 그리운 울음이 아니다.
두 발을 못 빼는 이 땅이 애달파
나라를 흘기니
울음이 터진다.
해야 웃지 마라.
달도 뜨지 마라.

김영범 시집

비통

이상화_「통곡」

사랑을 우러러
울기는 하여도
그대가 그리운 울음이 아니다.
두 발을 못 빼는 이 맘이 애달파
눈을 감으니
울음이 터진다.
꽃아 지지 마라.
별도 뜨지 마라.

고통

이상화_「통곡」

임을 보내려
웃기는 하여도
당신이 버려진 웃음은 아니다.
두 발을 못 빼는 미소도 애달파
눈물을 삼키니
소름이 돋는다.
무지개야 뜨지 마라.
생각도 나지 마라.

근심의 꽃
-청춘에 상뇌傷惱 되신 동무를 위하여-
이상화_「마음의 꽃」

연정을 넘어선 가리지 말라!
슬픔이든, 기쁨이든, 무엇이든,
짓는 때를 보려는 미리의 근심도-

아, 정리를 품은 사람아, 눈을 열어라.
사실은, 아무래도 가고는 말 나그넬러라.
젊음의 어둔 온천에 눈을 씻어라.

춤추어라, 사실만의 가슴으로
겨뤄라, 앞뒤로 헤매지 말고
짓태워 버려라!
끄슬러 버려라!
사실의 연장은 사실의 끝까지만-

아, 날이 어두워 오도다.
사실은 헛것일러라,
때는 지나간다.
인연의 꿈 길 가는 모르는 사이로-

사실의 가슴 복판에 숨어 사는
찬연한 마음의 꽃아 피어 버려라
사실은 연정을 지리며 꿈 길 가는 나그넬러라.

에필로그

일류란 말 들어 보셨지요?

우린 흔히 일류니 이류는 하는 수준 차나, 등급의 차등을 표현하는 분류성 말을 하지요. 그렇다면 일류 시詩나 이류, 더 나아가 아마추어 수준에 불과한 것 아니냐는 등의 분류는 해보셨나요? 그리고 시詩는 시상詩想을 포착해야 쓸 수 있는 문장이란 말, 들어 보셨나요?

그저 시집詩集이라고 출간만 되면 모두 문학작품(진정한 시집)이라 할 수 있는 걸까요?

아니잖아요.

작문作文과는 글을 쓰는 기법부터 다른 시詩(운문)는 작문과 다른 시詩적 증거가(시상의 정체 같은 장르 고유의 특성에 부합되는 요소들) 시라는 작품 속에서 증명되도록 되어 있답니다.

쉽게 설명하면 시는 시상을 포착해야 쓸 수 있다는 말 자체가, 시라는 문장 속에서는 시상의 정체가 드러나야만 시상을 포착해 완성한 문장이라는 사실이 입증되는 거잖아요. 시상의 정체가 드러나지 않으면 시상도 포착하지 못한 채 완성했다는 결론이 다다르는 거고요.

그러니까 시인이라면 먼저 시상의 정체부터 명확히 알아야 하지요.

시상의 정체를 명확히 모르면 그저 시상 같은 느낌만 포착해(단순히 심상 같은 것을 시상으로 착각하기 쉬움) 시상처럼 쓸 수도 있으니까요.

즉 시상의 정체도 드러나지 않아 문학작품이라 하기에도 부끄러운 작문들이 시詩(운문)로 둔갑을 해, 대단한 문학작품이나 되는 양 문학작품으로서 인기를 누리고 있다든지, 교육용 교재 같은 곳에 문학작품이라 등재해 놓고, 시로 교육하고 있다면 크나큰 잘못 아니냐는 말이지요.

시는 문학작품이지만 작문은 문학작품이 아니기 때문에 시詩와 작문을 분류도 못하는 이들이 하는 교육은 잘못된 지식을 숙지하고 있는 것인데, 그런 줄도 모른 채 잘못된 교육을 반복하고 있다는 뜻이 됩니다. 이런 지식의 오류는 필히 바로잡아야 하는 것 아니냐는 것이지요.

문학작품文學作品이란? 소위 전문가專門家라는 사람들이 문학작품이라고 인정하면 문학작품이 되는 걸까요? 전 동의할 수 없답니다.

소위 전문가라는 이들은 오랜 세월 김소월 선생의 〈진달래꽃〉 같은 작품을 운율시詩라 가르쳐 왔는데, 만약 이 작품이 운율시가 아니라면? 우린 잘못된 지식을 진리처럼 배우고 있는 것 아니냐는 말이지요.

다시 말하면 우리가 교육을 통해 숙지하고 있는 3/4조니 7.5조니 하는 운율적 증거가, 모든 시에 내재되는 운율의 정체를 규명하는데 전혀 소용없는 존재라면 대단히 잘못된 지식이 아니냐는 말이지요.

즉 운율의 정체를 알면서도 무운시인지 운율시인지 입증
도 못할 뿐만 아니라 일반체인지 문어체인지 명확하게 증명
이 안 되는 상태라면, 논리성이 중심이 되는 학문적 지식이
라 하기에는 문제가 있는 것이니까 가르치는 이들의 전문성
이 의심스럽다는 말이지요.

문학작품은 기본적으로 문학작품임을 입증하는 장르의
고유 특성이 존재하기 때문에, 반드시 장르의 고유 특성에
입각해 증명되고 문학적 진실이 규명되어야 문학작품으로서
하자가 없는 것이지요.

헌데 대한민국 교육에서는 운율시와 무운시를 정확하게
분류할 수 있는 운율의 정체를 증거로, 단 두 부류밖에 없
는 운율시와 무운시를 증명하지도 않지요. 김소월 선생의 〈
진달래꽃〉이 무운시인지 운율시인지 운율의 정체를 증거로
명확하게 입증하는 교육이 논리적으로 합당하다 사료되는
데, 대한민국의 교육 현실은 전혀 아니지요. 김소월 선생의
〈진달래꽃〉을 7.5조라 가르치는 교육이 빼도박도 못할 오
류의 증거지요.

김소월 선생의 〈진달래꽃〉은 운율적 작품이라 할 수 있으나, 내재된 운율의 정체를 파악해 보면 운율은 빈 무운사거든요.

시라는 그 진실을 열거해 보면 이해가 보다 쉽겠지요.

앞에서 시詩는 시상詩想을 포착해야 쓸 수 있는 문장이라 했지요?

시詩는 시상을 포착해야 쓸 수 있는 문장이라는 뜻은 곧 (작문作文과 다른) 시詩는 문장 속에서 기본적으로 포착된 시상詩想의 정체가 드러나야만 시상을 포착해 쓴 문장이라는 사실이 확인되는 것이란 말이 되지요.

다시 설명하면 시라는 문장 자체가 기본적으로 시상을 포착해야 쓸 수 있는 기법이라면, 시라는 작품 속에는 필히 포착된 시상의 정체가 밝혀져야 한다는 뜻 아니냐는 말이지요.

헌데 대한민국의 교육 현실은 어떤가요?

시상의 정체는 규명도 하지 않지요.

그러다 보니 포착된 시상이 들어있지도 않은 작품들까지도 오랜 세월 시라고 가르치고 있으면서 그 잘못을 전혀 모르고 있다는 말이지요. 하여 전 전문가라는 이들의 교육에 도무지 동의할 수 없다는 말이지요.

작문作文이 아닌 시詩라 함은, 기본적으로 장르 고유의 특성이 충족되었다는 의미이기 때문에 문학작품으로의 가치가 저절로 묻어나는 것인데, 문학작품으로서 하자가 있는 작품을 문학작품처럼 교육한다는 것 자체가 대단히 잘못된 문제인 거지요.

쉽게 말해 시라는 문장은 필히 운율적으로 형상화되어야 하는 문장인데, 운율적으로 형상화하는 기법도 아닌 작품을 문학작품이라 하는 짓은 반드시 '지적되어야 함이 마땅하다!' 여겨지는데 현실은 아니라는 말이지요.

더불어 시는 문학작품이기 때문에 필히 문어체로 완성되

어야 하는데, 운율적으로 형상화하는 기법을 몰라 문어체와는 거리가 먼데도 문학작품 취급을 한다는 것은 절대 용납 안 될 교육이지요.

그런데 현실은 도무지 시라 할 수 없는 작품들을 아주 오랜 세월 교육용 교재에 시로 등재해 놓고, 마치 훌륭한 시인의 시나 되는 듯 시詩라 가르치고 있지요.

누군가 나서 진실을 규명하지 않는다면 앞으로도 영원히 바뀌지 않을 것처럼요.

이런 상황이 오래 지속 되다 보니 습작 단계도 탈피하지 못한 수준의 작문作文들이 운문韻文(시)으로 둔갑을 해도 잘못이 있는지조차도 모르지요. 그러한 교육의 결과, 더더욱 잘못이 만연해도 잘못이 있는지조차 모르는 오늘날과 같은 지경에 이르고요.

문학적 진실인 시상의 정체나 운율적 기법, 좀 더 나아가 일반체와 다른 문어체적 작법의 변별적 요인도 규명하지 않는 교육이다 보니 잘못된 지식인 줄도 모른 채 그저 가르치는 것을 그대로 진리처럼 외워야만 하는 실정(커리큘럼)이지요. 이러한 결과는 결국 진실이 사장 되어도, 진실이 사장되고 오류가 만연해 있는지조차 알 길 없는 풍토가 되고요.

학교 교육에서 기본적으로 알아야 하는 작문과 운문(시)의 변별성은 증명하나요? 저희 학창 시절엔 안 했지요.

작문과 다른 시(운문)는 태생적으로 운율과 한 몸이라 반드시 운율적으로 형상화되어야 하는 문장이지요. 시와 운율은 그러한 관계이기 때문에 시의 전부라 해도 과언이 아닐 만큼 중요한 운율의 정체는 기본적으로 알아야 하는 상식적 소양 같은 지식인데, 대한민국의 현실은 운율의 정체마저도 구체적으로 증명하지 않는 교육이다 보니 시상의 정체도 드러나지 않는 작품들이 시로 둔갑을 해도 아무 탈이 없지요. 아니 비평가들을 비롯해 소위 전문가라는 이들이 앞장 서서 둔갑을 시키는 편이지요.

시는 문학작품이니까 문학 비평가라면 기본적으로 포착된 시상의 정체나 문어체적 요소 같은 것을 제시한 후 전문성에 어울리는 증거를 중심으로 문학적 가치들을 명확하게 입증해야 한다 사료되는데, 현실은 중요한 문학적 요소들은 간과한 채 그저 유희성 언어들까지도 마치 대단한 문학작품이나 되는 듯 온갖 미사여구를 동원해 포장하는데 전력을 다 한 것 같은 비평글을 자주 대면하게 되니까 참으로 개탄스럽습니다.

시상의 정체도 파악하지 못하는데 운율의 정체는 규명할 수 있을까요? 제 견해로는 어려울 것이라 사료되는군요.
왜냐면 운율의 정체는 시인이 시라는 문장 속에 내재되도록 인위적인 형상화를 해야 내재되는 존재이기 때문이지요.

즉 현대시에 형상화되는 운율의 정체는 음률(리듬)과는 전혀 연관성도 없는 것인데,
우리나라 교육에선 3/4조니 7/5조니 하며 마치 동일한 것처럼 왜곡을 하고 있지요.

음률(리듬)과 동일한 것처럼 가르치는 운율에 대한 현재의 지식이 옳다면 모든 작품에 적용되어야할 뿐만 아니라 문학작품으로 하자가 없는 시와 문학작품이 아닌 작문을 분류하는 변별적 기준의 증거가 되어야 하는데, 현재의 지식은 고작 몇 편에 적용될 뿐만 아니라, 문어체와 일반체를 분류하는 증거도 안 될 만큼 비합리적이지요.

나쁘게 표현하면 학문적 깊이나 문학적 진실 입증에 논리적으로 기여한다기보다는 그저 작문이 운문으로 둔갑하는 커다란잘못에 일조할 뿐이지요.

운율의 정체는 시라는 문장 속에 내재되도록 시인이 인위적으로 형상화를 해야만 존재하는 독특한 정체라서 우리가 배운 3/4조니 7/5조니 하는 음률(리듬)과는 전혀 연관성이 있을 수 없는 것인데, 우리의 인식 속에 운율의 정체는 불행하게도 학교 교육을 통해 숙지한 그대로 확고하게 자리 잡고 있지요.

기존의 지식은 존경하는 선생님님들께서 진리라고 가르친 결과물이라, 그것이 잘못된 것이라는 증거를 제시해도 오히려 진실이 규명되는 증거에 반발할 만큼 세뇌의 강도가 무척 강한 편이지요. 이러한 결과로 인해 발생하는 오류의 실태는 확실히 입증할 수 있는 명확한 증거로 진실을 보다 구체적으로 제시 할 수 없다면 함부로 거론도 하기 힘든 지식이 되었고요.

무엇보다 독자들이 의구심을 지니니까요.

'나도 배울 만큼 배운 인사인데…'라며 나름 지식에 대한 자부심 같은 것이 강해 진리를 규명해보려 하기보다는 외적으로 드러난 간판인 학벌이나 인기, 사회적 신분 따위를 편애하는 경향이지요.

진리 탐구임을 의심치 않았기에 그 오랜 세월 동안 열정과 인생을 소비했던 것인데 잘못된 지식을 진리라고 배운 사실에 화도 안 나는지, 아니면 그런 식으로라도 위안을 해야 자존심이 서는 건지 제일 중요한 옳고 그름에 대한 인식의 전환을 꾀하기보다는 그저 배우고 숙지해서 지금 써먹고 있는 지식에 대한 무조건적인 신뢰가 우선으로 치부되는 것 같지요.

　운율의 정체는 시라는 문장 속에 내재되도록 시인이 인위적으로 형상화를 해야만 존재하는 독특한 형태이기 때문에 대부분의 사람들이 일반적으로 사용하는 작법인 언어적言語的 의미의 통일성을 추구하는 기법으로는 형상화가 이루어지지 않는다고 설명해도, 새로운 논리에 대한 이해나 진실을 규명해 옳고 그름을 판명해보려 하기보다는 오로지 교육을 통해 완성된 신뢰에 금 가는 것만을 두려워하는 것 같다는 뜻이지요.

　시詩라는 문장은 문학작품이고, 작문은 문학작품이 아니니까 시와 작문은 다른 기법일 수밖에 없지요. 그렇다면 그런 사실을 인지하고 무엇이 어찌 다른 건지 명백히 드러나는 변별성 같은 것을 보다 정확히 알아야 작문과 다른 시에 대해 제대로 인지할 수 있을 텐데, 그러질 않는 것 같아요.

　일반체一般體와 문어체文語體에 대한 변별성만 제대로 알아도 진실을 규명하는데 용이할 텐데 분류하려 하지도 않는 실태이지요. 일반체로 완성된 문장은 작문이고 문어체로 완성된 문장이 시인데, 진실을 분류하거나 판명하질 못하니 일반체 문장이 문어체로 둔갑을 해도 잘못이 있는지조차 모르지요.

진실 규명은 뒷전이죠. 무조건 외우고 시험해서 성적을 내야 하니까. 그렇게 세뇌된 풍조 속에서 잘못 발아된 풍토 자체가 변질을 생리화하다 보니 잘못이 있어도 인식조차 하기 힘들지요.

거듭 강조하기 위해 말하지만 작문作文은 문학작품이 아니고 시詩(운문韻文)만이 문학작품文學作品인데, 문학 박사니 시인이니 하며 전문가는 물론 교육하는 이들도 이 둘을 분류하지 않지요.

습작 단계도 탈피하지 못한 수준의 작문作文과 습작 단계를 탈피했음이 입증되는 시詩를 소위 전문가라는 이들마저도 분류하지 못하다 보니 작문이 교육용 교재에 시(운문)로 등재되는 것처럼 진실이 왜곡되고 숱한 오류가 난무하며 거짓이 진실로 둔갑하는 일이 만연한 겁니다. 거기다 이것이 잘못이라는 사실조차도 모르는 실정이 되어버렸고, 그 실태가 문제가 있다는 것도 전혀 모르고 있지요.

해서 진실을 규명해보고자 인기 시인에서 정계로 입문해 국회의원직을 역임하기도 하고 장관직까지 수행하신 분들도 있으니 그런 분들의 의견도 들어보고 싶고, 독자님들의 견해도 청해 본답니다.

그런 분들의 인기 작품이 교육용 교재에 여러 편 등재되었던 걸로 아는데, 그러한 인사들 작품들 중에서 포착된 시상의 정체를 밝힐 수 있다거나 작품 속에 내재된 시상의 정체를 정확히 증명할 수 있는 작품이 있냐고 질문하기도 하지요.

이 질문은 대단히 중요한 사안일 뿐만 아니라, 이 나라 문학사에 지대한 영향을 끼칠 만큼 중대한 사안이라는 사실을 잘 아시겠지요?

김영범 시집

혹여나 시는(작문作文과 다른 시詩) 시상詩想을 포착해야 쓸 수 있는 문장이라는 말을 들어 보지 못하신 것은 아니겠지요?

작문은 문학작품이라 할 수 없는 것이니까 시상의 정체를 전혀 모른 채 완성하든 장르적 특성을 모르는 상태에서 쓰든 상관없지만, 작문과 다름이 작품 속에서 입증되어야 하는 시는(시인은 작문이 아니라 문학작품인 시를 창작해야 하는 특별한 사회적 신분이니까) 필히 시라는 장르 고유의 특성에 부합되어야 하는 제약이 있다는 말이지요.

즉 시인은(작문이나 완성하는 아마추어가 아니라) 장르 고유 특성으로 확인되는 문학이라는 경지의 고유성을 일정하게 증명해야 하는 신분이니까, 근본적으로 시상의 정체 같은 절대적인 요소(문학)를 통해 하자 없음이 작품 속에서 입증해야 한다는 뜻이지요.

누차 말하지만 작문作文은 문학작품이 아니지요. 문학작품이 아니니까 장르 고유의 특성 같은 것은 무시하고 그저 시라는 형식만 빌어다 시 같은 문장을 완성하면 되는, 그러니까 누구나 쓸 수 있는 문장인 것이지요.

하지만 시詩는 명백한 문학작품이지요. 문학작품이기 때문에 필히 문학적 조건인 장르 고유의 특성 같은 것을 충족시켜야 하지요. 장르 고유의 특성 같은 문학적 조건이 존재하는 이유가 무엇이겠습니까. 반드시 그 조건을 충족시켜야 문학작품이라는 뜻 아니겠어요?

장르 고유의 특성을 전혀 몰라도 쓸 수 있기에 누구나 완성할 수 있는 작문은 문학작품이라 하지 않고 장르 고유의 특성에 부합됨이 작품 속에서 입증되는 시(운문韻文)만을 문학작품이라 하는 것처럼, 시詩를 비롯해 소설小說, 수필隨筆 등 모든 문학작품은 기본적으로 문학작품으로 갖추어야 할 필요충분조건을 반드시 충족시켜야 합니다. 이 명제가 전제되어 있기 때문에 고유의 특성이 장르마다 다르게 존재하는 문학작품은 기본적으로 그 필요충분조건에 부합하는 방식으로 완성되어야 한다는 뜻 아니겠냐는 말이지요.

작문과 달리 시는 문학작품이기 때문에 기본적으로 문어체로 완성되어야 하는데, 완성된 문장의 기법 자체가 습작 단계도 탈피하지 못한 아마추어들이나 사용하는 언어言語적 의미의 통일성에 입각해 완성된 형태라면 시인이 인위적으로 시라는 문장 속에 내재되도록 형상화를 해야 존재하는 운율의 정체가 있을 수 있겠어요? 제대로 존재할 수가 없거든요.

만약 저에게 이상 님의 〈오감도1〉에 포착된 시상의 정체를 제시해보라 한다면 〈오감도1〉에 형상화된 운율의 정체를 근거로 문학적 증거인 시상의 정체 같은 것을 구체적으로 입증할 자신이 있습니다. 그럴 수 있는 이유까지 밝힌다면, 이런 작품이 바로 문어체로 완성된 문장이기 때문이지요.

반대로 문학작품이 아닌 작품(습작 단계도 탈피 하지 못한 수준의 작문)에는 포착된 시상의 정체가 구체적으로 드러날 수 없게 되어 있다는 말입니다.

에필로그

시詩(운문)는 명백한 문학작품文學作品이고, 모든 문학작품에는 세계에서 공통적으로 여기는 장르 고유의 특성이 존재합니다. 교육용 교재에 작품이 등재됨으로 인해 그만큼 신뢰도를 얻을 수 있는 이들의 작품 역시 문학작품이라는 증거가 작품 속에서 증명되어야 아무런 의구심 없이 시로 판명이 되는 것이잖아요.

시라는 장르 고유의 특성에 부합되지 않는 작문을 마치 훌륭한 시나 되는 듯 둔갑시켜도 그 잘못을 알 수 없는 작금의 지식만 신뢰해서 진실은 규명도 못한 채 속고 있는 실태라면, 이 얼마나 한심하고도 미개한 교육입니까? 해서 교육용 교재에 실린 작품들을 규명해 보고자 비교적 신뢰도 높은 분들의 작품들 속에 포착된 시상의 정체에 대해 여쭈어보는 겁니다.

행여 문학적 증거인 시상도 포착하지 못한 채(시상의 정체도 입증하지 못한 채) 완성한 작품을 시로 출간하였고, 그런 작품이 그저 인기 좀 얻었다고 대단히 훌륭한 시나 되는 듯 교육용

김영범 시집

교재에 시로 등재된 것이라면… 작금 대한민국 문학의 수준은 미개하기 그지없는 노릇일 뿐만 아니라, 개인적으로는 국민적 지성까지 기만하는 아주 모욕적 행위라 여겨지거든요.

모르긴 몰라도 지금 이 시간에도 시인의 길을 가기 위해 많은 사람들이 나름의 노력을 경주하고 있을 겁니다. 그런 이들을 위해서라도 문학적 진실은 명확히 규명되어야 하는 것 아니겠어요?

시인詩人 되고 싶으세요?
시인이 되고 싶다면 먼저 시인의 시로서 창피하지 않은 문학작품文學作品인지 아닌지 정확히 파악할 수 있는 능력을 갖추기 위한 공부부터 다시 하셔야 할 겁니다.

작문作文은 문학작품의 범주에 들지 못하지요. 하지만 시는 확실한 문학작품이지요. 그러니까 시인이 되려면 먼저 시상의 정체 같은 정확한 문학적 증거를 근거로 작문과 시를 분류할 수 있는 실력을 쌓아야 한다는 뜻입니다. 그래야 아마추어와 다른 진정한 시인의 경지를 알게 될 테니 말입니다.

완벽한 시인의 경지에 도달해야 진정 시인의 시로서 창피하지 않은 작품을 완성할 수 있는 것 아니겠어요? 작문과 시(운문)도 명확히 분류하지 못하는 사람을 어찌 시인의 경지에 도달했다 하겠습니까? 자신의 작품이 문학작품으로서 부끄럽지 않은 수준인지, 시詩의 요건은 제대로 충족시킨 작품인지 제대로 알지도 못할 텐데요.

시詩(운문)의 전부라 해도 과언이 아닌 운율의 정체도 입증할 줄 모르면서 어찌 반드시 운율적으로 형상화해야 하는 문장을 제대로 완성할 수 있겠냐는 겁니다. 운율의 정체를 증명할 줄 모르면 운율적으로 형상화된 문장인지 아닌지 정확히 분류도 못할 텐데요.

기본적으로 무운 시와 운율 시 정도는 분류할 수 있어야 시인으로 행세해도 창피하지 않은 것 아니겠어요? 즉 운율시가 아닌데도 운율시가 되는 오류를 지적할 수 있을 만큼의 기본적 소양은 지녀야 작품 하나를 완성해도 제대로 할 것 아니겠냐는 겁니다.

확신을 담아 말하면 운율의 정체가 왜곡된 상태인 줄 전혀 모를 뿐만 아니라(모든 작품에 적용되지 못하는 방식은 상당히 큰 문제가 있는 건데도) 진실을 규명하기보다는 그저 배운대로 다시 배달이나 하는 쉬운 길만 닦으려 하는 것 같지요. 그렇게 잘못이 있어도 알지 못하는 방식을 오래도록 고수하고 있으면 기존의 틀을 탈피할 수 없을 거라 사료됩니다.

비록 형태는 시詩와 비슷하다 할지라도 시조나 가사, 작문 같은 문장에는 통일된 운율이라는 정체가 존재하지 않아요. 오직 시라는 문장만이 운율의 통일성에 입각해 완성하는 기법이기 때문에 내재된 운율의 정체가 드러나는 것입니다. 그래서 다를 수밖에 없지요. 시는 시라는 장르 고유의 특성상 필히 운율의 정체가 내재되도록 형상화를 해야 하니까요. 해서 시는 운율적으로 형상화하는 문장이라고 하는 겁니다.

앞에서도 누차 밝혔듯 시는 시인이 문장 속에 운율의 정체가 내재되도록 인위적인 형상화를 해야 하는 기법이지만, 비록 형태는 같아도 시조나 가사 같은 문장은 시처럼 형상화를 하는 기법이 아니거든요. 즉 시가 다른 장르와 확실히 구별되는 증거인 시상의 정체나 운율의 정체에 대해 정확히 알아야 시인이라는 신분에 부끄럽지 않은 작품을 창작할 수 있게 된다는 겁니다.

특히 시조나 가사, 작문作文 같은 문장은 작법 자체가 일반체로 완성하는 기법이지요. 그러나 시詩(소설, 수필)는 문학 작품이기 때문에 반드시 문어체文語體로 완성해야 하기에 다르지요.

만약 일반체와 문어체文語體의 변별성을 정확히 모른다면, 학생들이 작문 시간에 지어 보는 작문들도 다 일반체가 아닌 문어체라고 둔갑시킬 수 있을 겁니다.

상식적으로 생각해 보세요. 시상의 정체도 정확히 모르

고, 그저 시상처럼 여겨지는 것을 중심으로 완성만 하면 모두 문학작품이라 할 수 있는 건지.

아니잖아요.

아마추어 수준의 작문가와 시인의 경지가 구별되지 않은 채, 그저 문학적 형태만 갖추면 다 문학작품이 되는 거라면 장르 고유의 특성은 존재하지도 않았겠지요.

이러한 오류의 발생을 막기 위해서라도 진실은 반드시 정확하게 규명되어야 하지요. 진리를 기조로 하는 교육에 잘못이 있어서도 안 되지만, 오류나 거짓이 있는데도 전혀 모른 채 오류나 거짓이 진실로 둔갑하는 교육이 자행되고 있다면 이 얼마나 심각한 문제입니까? 그 잘못을 증명해 바로잡아야 하는데, 잘못이 있는 줄도 모른다면 바로 잡을 수 있는 길마저 없는 상태라는 뜻이니까요!

앞에서 시상의 정체를 비롯해 운율의 정체, 문어체 기법, 그리고 시라는 장르 고유의 특성 등에 대해 열심히 열거한 이유는 시라는 문학작품은 독특하게도 모든 진실이 구체적으로 드러나게 되어 있기 때문이랍니다. 즉 시라는 문학작품은 기본적으로 시상의 정체를 비롯해 운율의 정체가 확인되고, 주제를 포함해 내재율, 율격, 성격, 운율적 갈래 같은 것들이 거짓 없이 드러난다는 말이지요.

김영랑 님의 〈모란이 피기까지는〉이라는 작품에서 파악되는 운율의 정체를 증거로 시인이 형상화한 의미를 제시해 보겠습니다.

이 작품에 등장하는 '모란'이라는 낱말은 시인이 시라는 장르 고유의 특성에 입각해 인위적으로 형상화하고자 하는 주제에 필요해서 인용한 시적 매개물일 뿐, 실제 존재하는 모란과 무관한 관계이지요.

쉽게 이해하시려면 이 작품에 등장하는 모란을 전부 "주권"으로 바꾸어 읽어보면 해독하기 쉽지 않을까 사료되네요. 즉 〈모란이 피기까지는〉이란 제목부터 〈주권을 찾을 때까지는〉로 바꾸어 보라는 말이지요.

포착된 시상의 정체 : 해방, 광복
내재율 : 존재의 괴리감을 형상화 함
율격 : 의식의 생리적 발현을 거시적으로 고찰
갈래 : 운율시
성격 : 염원시 류, 영국 시인들이 말하는 구어체 시이기도 함

시인이 시를 쓴다는 행위는 곧 [포착한 시상을 운율의 통일성에 입각해 형상화하는 작업]이라 할 수 있지요. 그러므로 시에 내재되는 운율의 정체는, 시인이 시라는 문장 속에 내재되도록 인위적인 형상화해야 존재하는 것이랍니다. 그렇기 때문에 시와 작문은 외형이 아무리 닮아도 내면은 철저히 다를 수 밖에 없지요.

이런 이유가 있기에 시와 작문은 반드시 분류할 줄 알아야 하는 것이지요.

운율의 정체를 명확히 입증할 줄 모르면 이상 님의 <오감도1>처럼 시인의 시로서 부끄럽지 않을 만큼 잘 쓴 작품들까지도 무지막지하게 변질될 수 있어요. <오감도1>에 형상화된 운율의 정체를 파악해보면 분명 훌륭한 구어체 시인데, 한국의 교육에서는 현재 대부분의 사람들이 일반적으로 알고 있는 것처럼 추상적인 시의 대표적인 작품처럼 여기고 있지요(추상시는 존재할 수도 없는 종류인데). 이렇게 왜곡을 해도 진실을 규명하지 않다 보니 어떠한 오류와 잘못이 자행되고 있는지조차도 거의 모르는 실정이고요.

현실이 이토록 잘못된 실정이라 시인이라는 사회적 신분으로 많은 인기를 누린 뒤 고위직으로 재직도 해보신 분들과 문학을 제대로 알고자 하시는 독자분들께 청하는 거랍니다.

논리적 증거가 입증의 근거로 제시되어 문학성이 보다 정확히 규명되길 원하신다면 후배들을 위해서라도, 아니 훌륭한 문학작품의 탄생을 기대하는 국민적 염원을 위해서라도 문학적 진실은 명확하게 밝혀져야 하니까요.

김영범 시집